KB252209

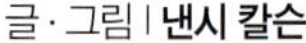

글·그림 | 낸시 칼슨

낸시 칼슨은 중견 아동문학 작가이자 삽화가로 60권 이상의 책을 냈습니다. 낸시는 미국 미네소타 주에서 태어나 미니애폴리스 미술대학을 졸업했습니다. 낸시는 모든 사람들의 삶이 재미있어야 하고, 특히 아이들의 삶은 더욱 재미있어야만 한다고 믿습니다. 낸시의 그림책에는 이런 낙천적인 생각이 가득하며 아이들의 미래를 긍정적으로 바라보는 따스한 시선이 스며들어 있습니다. 낸시는 해마다 150개의 학교에서 수업을 하는 객원 작가이자 삽화가로 활동하며 아이들의 삶에 영향을 주고 있습니다. www.nancycarlson.com에 가면 낸시와 그녀의 책에 대해 더 알 수 있고 일상생활까지 볼 수 있습니다.

옮긴이 | 김희숙

연세대학교 노어노문학과를 졸업하고, 같은 대학원에서 석사, 박사 과정을 공부하였습니다. 현재는 번역가로 활동하고 있습니다. 번역한 책으로는 『공룡대백과』, 『정의를 위하여』(근간) 등 다수의 역서와 논문이 있습니다.

습관의 힘 시리즈 ①

집중력 대장샘

초판 1쇄 인쇄 2013년 11월 22일
초판 1쇄 발행 2013년 12월 6일

글·그림 낸시 칼슨
옮긴이 김희숙

책임편집 유명화
책임디자인 유영준

펴낸이 이상순   주간 서인찬   편집장 박윤주   기획편집 김초희, 주리아, 김설아
디자인 최성경, 박희정   마케팅 홍보 김미숙, 이상광, 권장규, 박성신, 박순주
펴낸곳 (주)도서출판 아름다운사람들
주소 (413-756) 경기도 파주시 회동길 103
대표전화 031-955-1001   팩스 031-955-1083   이메일 books777@naver.com
홈페이지 www.books114.net

집중력 대장 샘

글·그림 낸시 칼슨 | 옮긴이 김희숙

아름다운사람들

오늘 아침에도 샘은 화성에 갔습니다.

화성에서 돌아왔을 때, 샘은 또 지각하게 생겼습니다.
샘은 서둘러…
아차!
아침을 먹고
옷을 갈아입고
숙제를 찾아야 했습니다.

샘은 학교 버스를
놓치고 말았습니다.
아빠가 말씀하십니다.
"샘, 정신 차려야지!"

학교에 겨우 도착한 샘은 어느새 깊은 바닷속에서 모험을 하고 있습니다.

샘이 정신을 차리고 보니, 받아쓰기 시험에서 여섯 문제나 틀렸습니다. 선생님이 말씀하셨습니다.
"샘, 집중해야지!"

사람들은 다들 샘에게 집중하라고 말합니다. 그런 말을 들을 때면, 샘은…

답답하고,

슬프고,

바보 같습니다.

아빠는 샘이 바보가 아니란 걸 압니다. 그래서 샘을 데리고 의사 선생님께 갔습니다.

샘은 의사 선생님께 모든 사람들이 자기만 보면 이렇게 말한다고 얘기했습니다. "집중해야지, 샘!"

샘은 의사 선생님께 자신이 쓰고 있는 이야기와 그리는 그림에 대해서 말했습니다.
자신이 생각한 멋진 발명품과 모험에 대해서도 말했습니다.

의사 선생님은 말씀하셨습니다. "와! 샘, 넌 정말 운이 좋구나! 머리가 정말 좋은데?
그렇게 머리가 좋으니 앞으로 훌륭한 일을 많이 할 수 있을 거야."

"그 좋은 머리를 충분히 쓰려면,
머리를 잘 보살펴 줘야 해."
선생님이 말씀하셨습니다.

"어떻게 하면 되는데요?"
샘이 물었습니다. 샘은 머리가 좋다는 말에
기분이 좋았습니다.

"선생님한테 좋은 생각이 있단다. 들어보렴.
먼저, 군것질을 줄이는 것부터 시작하는
거야."

"네?"
"걱정 마, 샘. 너를 도와줄 사람들이 많으니까."
의사 선생님은 말씀하셨습니다.
"부모님이 영양가 많고 맛있는 간식을 먹도록
도와주실 거야."

● 슈퍼푸드는 당분, 염분이 적으면서 영양소가 풍부한 식품을 말합니다.

"브로콜리 같은 음식은 몸에
아주 좋단다."
슈퍼푸드
블루베리
브로콜리
연어
단호박
우유
"샘이 직접 할 수 있는 일도 있어. 잠자리에
들기 전에 입던 옷은 반듯하게 개는 거야."
"숙제를 정돈하는 법도 배우고."
"밤에 잠은 푹 자도록 해.
잠을 잘 자면 머리가 좋아지니까."

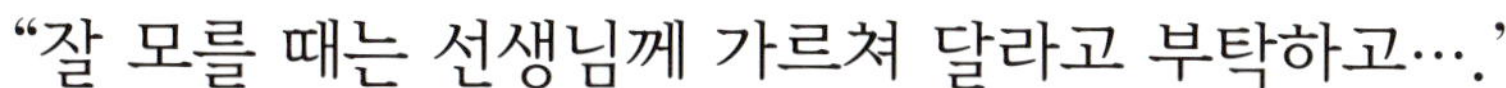

"학교에 가면 책상을 깨끗이 정돈하고,
  선생님께 앞자리로 옮겨도 되는지 여쭤 보렴."

"잘 모를 때는 선생님께 가르쳐 달라고 부탁하고…."

"친구에게는 네가 산만해지면 말해 달라고
  부탁하는 거야."

"그리고 상상하는 시간을 반드시 가지렴.
  멋진 시간이 될 거야!"

샘은 의사 선생님의 말씀을 열심히 따랐습니다.
샘은 매일매일 좋은 음식을 먹었습니다.

집에서나

학교에서나 정돈을 잘하려고
노력했습니다.

모르는 게 있으면 선생님께
물어보았습니다.

샘은 집중하려고 열심히 노력했습니다. 하지만 종종…

아직은 사람들에게 집중하라는 말을 듣죠.

그러던 어느 날…

샘은 숙제를 챙겨 들고
제시간에 학교에 도착했습니다!

게다가 받아쓰기도
거의 다 맞았습니다.

샘은 그날 아주 멋진 이야기도 썼습니다.

샘은 계속 열심히 노력했습니다.

얼마 후에는 아무도 샘에게
"집중해야지, 샘!"이라고 말하지 않았습니다.

요즈음 샘은 완벽하지는 않지만, 오랜 시간 주의를 기울입니다. 그리고 매일 따로 시간을 들여…

화성에 갑니다.

'어릴 때 잡아 주면 평생 가는 습관' 집중력

정신없이 설치는 우리 아이를 보면 샘이 남 같지 않습니다. 뭐 하나에 푹 빠지면 헤어나지 못하는 아이를 볼 때도 그렇습니다.

많은 어린이들이 때때로, 어쩌면 자주 집중하는 데 어려움을 겪습니다. 산만하고 충동적이고, 때론 과잉행동을 합니다. 이런 아이들 대부분이 학교 수업 시간과 일상생활에서 어려운 과제나 오랜 시간 집중해야 하는 일이 주어지면 짜증내고 힘들어 합니다. 그런데 수학 문제에는 10분 이상을 집중하지 못하던 아이가 모험담을 읽거나 친구들과의 딱지치기 놀이에는 오랜 시간을 몰입합니다. 로봇이나 공룡을 그리고 샘처럼 화성에 대해 그림을 그리고 이야기로 쓰기도 합니다. 이렇듯 샘처럼 산만하고 딴짓하는 아이는 사실 호기심 많고 창의적인 아이일 수 있습니다.

우리 아이가 샘처럼 산만하거나 집중력이 조금 부족해 보일 때, 이 상황을 긍정적으로 풀어가는 게 중요합니다. 아래 '집중력 습관을 높이는 6가지 방법'은 우리 아이의 주의력과 집중력을 키우는 데 많은 도움이 될 것입니다.

⊙ 집중력 습관을 높이는 6가지 방법

01 충분한 수면과 취침 시간 지키기　5~9세까지의 어린이는 하루에 10~11시간의 수면을 취해야 합니다. 잠을 충분히 자면 집중력이 좋아지고 두뇌 건강에 도움이 됩니다. 어린이들이 충분히 잠을 자도록 하려면, 매일 밤 같은 시간에 잠자리에 들고 같은 시간에 일어나도록 해야 합니다. 주말에도 정해진 수면 시간을 지켜야 합니다.

O2 두뇌에 좋은 슈퍼푸드 먹기 설탕이나 소금이 많이 들어간 과자나 즉석식품은 몸에 안 좋을 뿐만 아니라 두뇌에도 도움이 되지 않습니다. 이따금 군것질하는 정도는 괜찮다 해도 가능한 한 최소한만 먹도록 해야 합니다. 과일과 채소 같은 건강식품은 몸에도 좋고 두뇌에도 좋습니다. 일명 '슈퍼푸드(supper food)'라 불리는 식품들이 특히 좋은데 이들 음식은 비타민, 미네랄, 단백질, 양질의 지방과 오일이 풍부합니다. 아몬드와 호두 같은 견과류, 호박씨와 해바라기씨 같은 씨앗류, 연어와 참치 같은 생선, 브로콜리, 블루베리, 시금치, 당근, 토마토, 통밀, 달걀, 우유가 대표적인 슈퍼푸드입니다. 아이들이 물을 많이 마시도록 돕는 것도 중요합니다. 이런 식품과 음료는 아이들의 정서를 안정되게 하고 두뇌가 효율적으로 움직이도록 돕습니다.

O3 규칙적인 생활 만들기 아이는 학교와 집에서 중요한 물건들이 제자리에 있고, 예측 가능한 규칙적인 생활을 할 때 가장 활발하게 활동합니다. 그리고 집에 아이가 앉아서 숙제하는 일정한 장소를 만들어 주는 것이 좋습니다.

O4 정리 정돈하는 습관 만들기 교실에서 창가 자리에 앉아 창밖을 내다보는 학생은 자리를 칠판에 가까운 앞자리로 옮겨 줍니다. 책상 위나 주변에 물건이 어질러져 있는 것도 주의를 분산시킵니다. 그러니 아이가 책상과 사물함, 침실을 깨끗하게 정돈하도록 돕습니다. 정리하는 습관은 공부의 우선 순위를 정해 계획적으로 공부할 수 있도록 도와줍니다.

O5 활발한 신체 활동 하기 잠깐만 운동을 해도 머리가 맑아지는 데 도움이 됩니다. 축구, 야구와 같은 운동이 아니더라도 친구들과 신나게 뛰어놀고, 부모와 동네 산책을 하는 것도 괜찮습니다.

O6 창의력 높이는 놀이 활동하기 '산만하다'는 것은 종종 '창의적이다'는 것과 통합니다. 적절한 때에 창의력을 북돋워 줍니다. 창의력 활동으로 아이가 행복해하면, 이 또한 두뇌에 좋은 운동이 됩니다. 아이 스스로 오감을 자극하고 체험할 수 있는 놀이 활동은 뇌에 안정적인 자극을 주기 때문입니다.

꿈을 이루는 우리 아이 성장 동화
<꿈공작소> 시리즈

꿈이 되는 이야기, 마음을 키우는 책읽기 <초록별> 시리즈

엄마는 외계인

박지기 글 | 조형윤 그림
8,500원

아빠가 보고 싶은 아이

나가사키 나쓰미 글
오쿠하라 유메 그림
김정화 옮김 | 11,000원

친구 만들기

줄리아 자만 글
케이트 팽크허스트 그림
조영미 옮김 | 11,000원

아기 토끼의 엄마 놀이

모리야마 미야코 글
니시카와 오사무 그림
김정화 옮김 | 11,000원

왕따 슈가 울던 날

후쿠 아키코 글
후리야 가요코 그림
김정화 옮김 | 11,000원

**행운 토끼와
불행 고양이의 대결**

애덤 클라인 글
브라이언 테일러 그림
조영미 옮김 | 12,000원

우리 아이 첫 백과는 세계적 권위를 가진
프랑스 라루스 백과부터

우리아이 첫 과학백과

글 이자벨 푸제르 | 그림 멜라니 알라그 외
옮긴이 김수진 | 18,000원

우리아이 첫 호기심백과

글 발랑탱 베르테 | 그림 세베린 뒤센 외
옮긴이 이정아 | 18,000원

우리아이 첫 질문 과학백과

글 이자벨 푸제르 | 그림 줄리앙 아키타 외
옮긴이 이정아 | 18,000원